艾莉克斯・葛杭
Alix Garin

不要忘記我

我與阿茲海默阿嬤的公路逃亡之旅

ne m'oublie pas

Faces Publications

獻給外公與莎阿嬤

「這些過去用來命名世間物事、人們面孔、行為舉止與情感知覺，使世界井然有序，令人們怦然心動、潤濕了私密部位的千言萬語，都將悄然地自我消去。」

安妮・艾諾（Annie Ernaux）
《年歲》（*Les Années*），伽利瑪出版社，2008

＊狄德侯（Denis Diderot），十八世紀法國啟蒙思想家，編纂《百科全書》。本書全名為《宿命論者俠客及其主人》（Jacques le fataliste et son maître, 1796），為狄德侯生涯最後作品，呈現俠客與其主人在旅行中的哲思對話。

席哈諾‧德‧貝吉拉克*

雪松劇團票卷
大完售

「亦即，由於缺乏了解上天寫下的命運……」

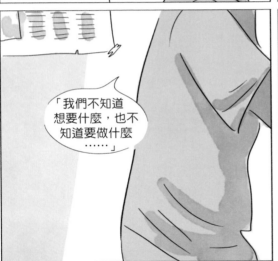

「我們不知道想要什麼，也不知道要做什麼……」

「然後，隨著我們稱之為理智的心血來潮……」

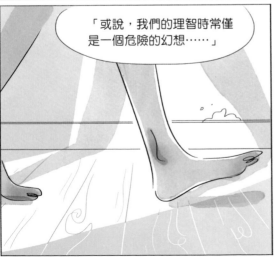

「或說，我們的理智時常僅是一個危險的幻想……」

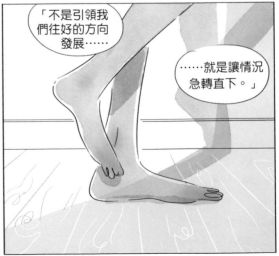

「不是引領我們往好的方向發展……」

「……就是讓情況急轉直下。」

這是她第三次逃跑了。

不會再有第四次了吧。

就院方的職責來說，我們應該要做得比之前還多。

……也得採取強制措施。

不然，她沒辦法留在我們這裡。

您有什麼建議？

我們會給予比較緩和的化學治療。或是一些能讓她冷靜的東西，避免她妄想要逃跑。

你的意思是鎮靜劑？

這詞不是很精確，但原理是一樣的。

您們必須了解她逃跑的話會有多危險。

她的心理狀態讓她極為脆弱。她現在什麼事都沒發生簡直是奇蹟。

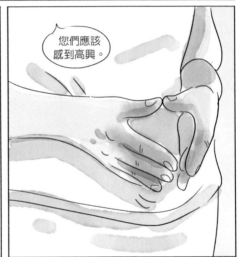

您們應該感到高興。

除非您們比較想接她回去？

她是非常沉重的負擔啊,您們可是過來人。

您們現在應該信任我們。我們是為了瑪麗·路易斯能好起來而存在的。

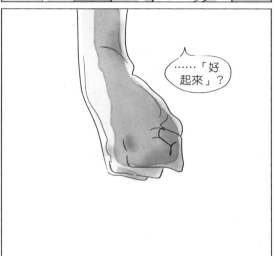

……「好起來」?

你們最後一次幫她洗澡是什麼時候?你們什麼時候餵她吃飯的?

好了,克蕾萌絲。

我跟您到辦公室吧。

妳怎麼可以……

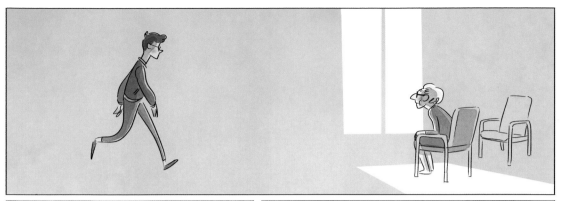

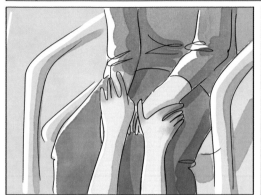

怎麼了？

阿嬤，妳
為什麼要
逃跑？

我沒辦法留在這裡，
爸比媽咪會擔心死的，
他們在等我！

為什麼他們要阻止我？
我不喜歡，我又沒有做
壞事……

我也不喜歡
這樣……

那妳幫我，
我只要跟妳離開
就好了！

阿嬤，這不可能啦……我明天會再來看妳，說好囉！

我如果再待在這裡，我就要去跳默茲河＊。

阿嬤，明天見。

16

媽妳怎麼可以這麼做？到底為什麼？

妳如果沒有這麼多工作，我們就可以把阿嬤留在家裡。

好了，阿蕾，妳知道事情才不是這樣。

如果外公還在的話……

好了！她其實是對的！

如果阿嬤受傷了，情況會更糟！

可是……她這點自尊要怎麼辦？

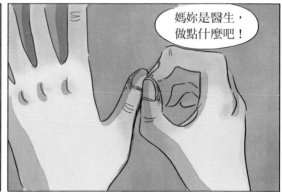

媽妳是醫生，做點什麼吧！

要是我的話，我……

我……

我知道這很難受，但這是唯一的方法了。

開啟廣播

（嘰嘰喳喳嘰嘰喳喳嘰嘰喳喳）

我們要去哪？

去阿嬤家。天氣開始熱了……

得給她帶點夏季衣服到養老院去。

「一山峰一海角，我所說的，是一座半島！」＊

阿嬤不再想念這個她和
外公一起蓋的房子。

我不敢相信她把這個房子給忘了。

那是妳舅舅用的，那個時候外公還在醫院。

就是現在，在她腦中，她只有二十歲，還跟她爸媽一起生活……

從那時起我們就沒再來過了……

……住在她兒時的房子裡，那裡有她爸媽在等她。這是她的妄想。

我的話，我兒時的房子，則是在這裡……

我也會這樣嗎？如果我老了、病了，我也會想要回到這裡嗎？

~ 房號204 ~
瑪麗‧路易斯‧
德勒布拉克女士

TOC
TOC

阿嬤的問題是，
她身體很硬朗……

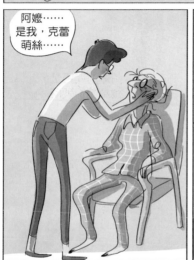

阿嬤……
是我,克蕾
萌絲……

妳知道,
外面天氣超好……

這件妳最喜
歡了……

我幫妳
穿上。

這裡是全世界最
爛的地方了。

她絕不會活著
出去的。

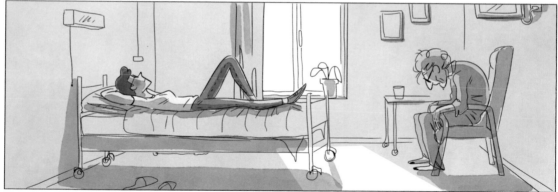

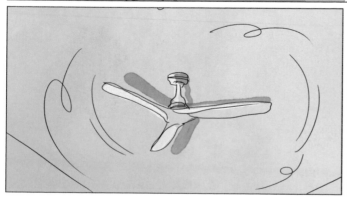

嘿！阿嬤，我們
出去逛一逛？

不好意思，
我可以知道您要
帶她去哪裡嗎？

只是出去透透氣，
曬曬太陽……

噢，
很好。

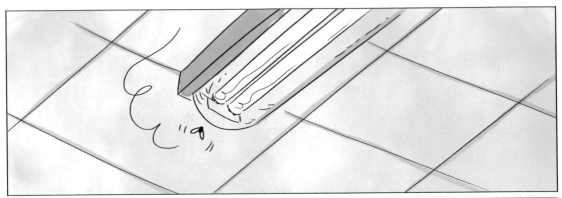

好的，從現在開始，基於您自身的權益，您得跟我們交代這次逃逸的所有細節。

再跟您說明一下，有鑑於起訴事由，您的刑期最重可以到三年。

我會全都說出來的。

好的，那我們開始。

首先，您開著車打算去哪裡？

去阿嬤的
爸媽家。

您曾經
去過嗎？

沒有，但阿嬤這幾個
月很常提到，所以我
知道在哪裡。

您那時候是在
想什麼？

其實……沒
什麼特別的。

就只是想要救
她，然後帶她遠離
養老院。

我想讓她開心，讓她可
以再次看到她心心念念
想著的那個房子。

列日

濱海阿凡納

6 h 13 min

6 h 13 min (573 km)

想到阿嬤會死總讓
我感到害怕。

這就是為何我要拚命。

DRITTING

（叮鈴鈴）

說好了，我不會放棄妳的。

（哦咿哦咿哦咿）

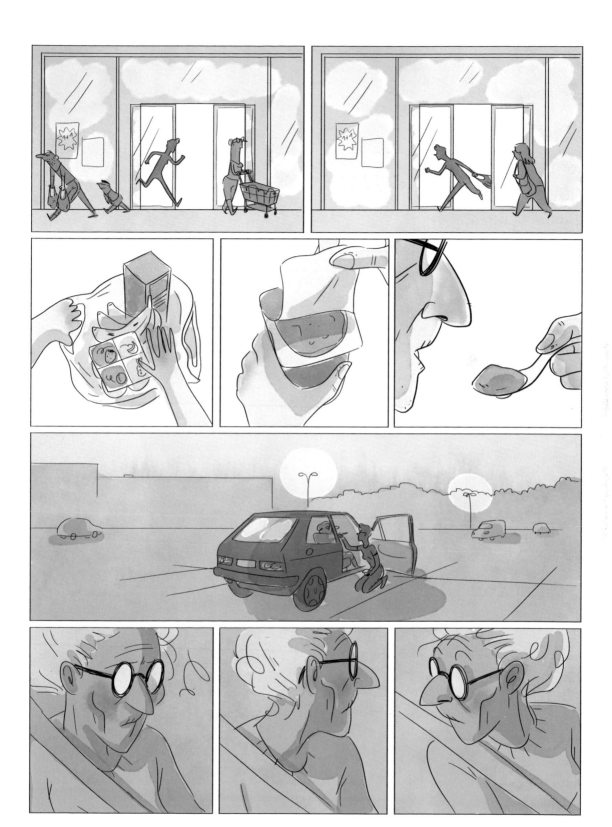

……我在
哪裡？

阿嬤，
我在這。
請妳相信我
……

我在哪裡？
爸比媽咪在
哪裡？

我的手提
包勒？

我們現在在公路上要回去
妳家……但妳爸媽已經不
在那裡了……

那他們在哪裡？他們丟
下我了嗎？他們不找我
就走了？

現在的情況比這
個更複雜……

妳要記得妳已
經八十五歲了
……

您騙我，他們絕不會丟下我
就離開！我到底在哪裡？我
什麼都不知道，我想回家！

我們會回家的，
但現在已經晚了，
我們明天再出發……

不要碰我！！

我要求立馬
回家！！

救～
命啊！

（您是誰？您是誰？您是誰？）

那是她第一次忘記我是誰。

就那麼突然，我不存在了。

是我啊，克蕾萌絲，妳孫女啊！

我才不認識您。

……我是娃雷希的女兒啊！

我沒有生孩子！

拜託請別管我，您這個瘋子！！

妳把蘋果泥放到烤箱裡，
這樣就會有一層焦糖在上面。

在我放學前，妳把它從烤箱裡拿出來，
這樣溫度就會剛剛好。

當我感覺不舒服，
妳為我準備雞湯。

我會拿妳收在衣櫃裡的絲巾，
假裝自己是一位舞者。

當我洗完澡，妳會在我的
室內拖鞋裡放點爽身粉。

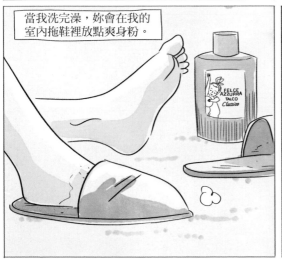

到了晚上，妳會給我唸《賣火柴的小
女孩》，因為這是我最喜歡的故事。

克蕾萌絲，我們到底在哪裡？

外公在哪裡？

阿嬤，外公今年冬天就走了。

我們要回去妳爸媽家，在阿凡納。

謝天謝地！爸比媽咪應該擔心得要死！

好，現在已經很晚了，我們要睡覺囉。

睡在哪？

車子裡。

CLAC
喀啦

我什麼也不記得了……感覺好像變成了瘋子……

阿嬤，別擔心。

明天會更好的。

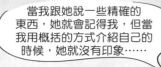

當我跟她說一些精確的東西，她就會記得我，但當我用概括的方式介紹自己的時候，她就沒有印象……

也就是說，如果我們靠著精確的細節，只要魔法起了作用，她就有辦法重建一個比較整體的記憶。

這跟那有什麼關係？

在她離開童年住的房子六十年以後，如果再重新見到它……你們想想看她有沒有可能……

所以其實這個房子不再只是讓她開心的物件……

而是，如果這個房子，是讓她重建過去連接到未來的關鍵呢？

也就是為了要讓她找回記憶？

我是沒有那麼理想啦……但差不多是這樣！

媽咪：

我一小時前打給
警察了。他們會
去找妳們。回頭
總是岸。
打給我。

為何您什麼也沒跟您母親說？

我不知道。

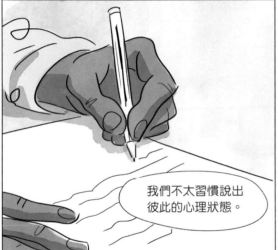

我們不太習慣說出彼此的心理狀態。

那綁架您的外婆，就是一種「心理狀態」？

老實說……

是。

妳好了沒？

快好了！

幫我一下……

噢,終於!阿嬤,妳內褲穿在裙子上了……

欸,注意不要弄皺裙子了!

好,好,來。

誒?我的包包勒?我的手提包在哪裡??

阿嬤,別擔心,妳包包在車上,車子都上鎖了。

好險,我跟妳保證,就是有人手很賊啊……我可是付了學費,人家偷了我戒指、衣服、鞋子、絲巾,還有一些……

媽咪?

為什麼要領這些錢？

保險起見……

房子還很遠，如果走小路的話，我們恐怕會需要一整天的時間……

那可要小心一點啊！有些人下手是不會猶豫的……該怎麼說……哎唷，總之妳懂的啦！

CLAC!

（喀！）

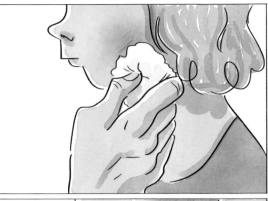

克蕾萌絲，誰把妳弄成這樣的？

女生們都討厭我……

為什麼？

她們都說我是男生。

然後男生也都討厭我……

因為我是女生。

阿嬤對我來說一直都像是一位母親。

我知道有時候媽媽也後悔她帶來的生活，這讓我很難過。

在某些只屬於她的時刻，我感受到她所有的遺憾拂過身子表面。

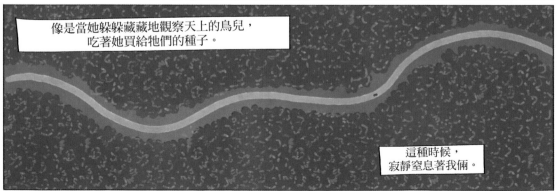

像是當她躲躲藏藏地觀察天上的鳥兒，
吃著她買給牠們的種子。

這種時候，
寂靜窒息著我倆。

說，妳現在住
在哪啦？

布魯塞爾，已經
一年了，妳來看過
我的公寓……

哈哈！
妳確定？

我的記憶已褪～
去，我不再好好
記～得……

我的記憶已
褪～去，滴嘟
滴噠……

第一次她為了不要那麼戲劇化而唱這首歌，
已經是三年前。

在此之前我從來
沒聽她唱過。

……我不再
好好記～得……

但到今天我也沒多認識這首歌，
因為阿嬤從來就只唱副歌。

我要上廁所。

妳很急嗎？

看情況。

那妳忍到我們找到些什麼。還是說……妳可以在草地上解決？

我當然可以！妳把我當白癡還啥？

哎唷，真是抱歉喔，馬蓋先*。

那我們趁這個時候吃點東西。

啊，太好了，因為我也餓了！

* 一九八五年播映的美劇男主角，總是靠著身邊不起眼的事物化險為夷，日後成為調侃人的用語。

媽的！妳把果醬都舔完了啊！！！

如果肚子痛，就是妳活該……

我們來裝飾一下車子吧！

這堆廢鐵可真醜……

我們要給它放上滿滿的花！

來，把花放到後視鏡上！

是不錯啦，但這有什麼用？

什麼？什麼叫「這有什麼用」？

吼～用來變美的啊，來！！

妳知道這花的別名是什麼嗎？

哎唷，連我也喪失記憶了……

「勿忘我」……

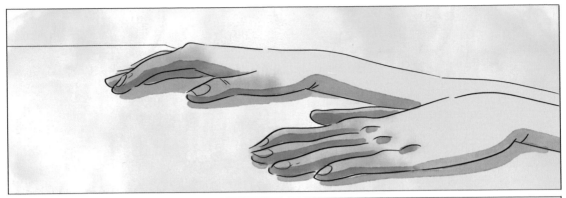

為什麼您在祖父母家度過了這麼多時間？

我母親是家庭醫生。這可不是一種職業，而是一種生活模式。

一週工作七十小時。

所有的病人都很喜歡她。

那您呢？

我不知道。

她大部分的生活我都不認識。

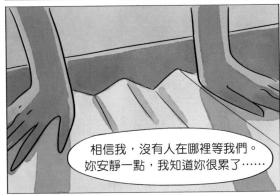

蛤？不要！我受夠車子了！我背很痛，今晚我要睡在我的床上！

……啊我的包包在哪？？

克蕾萌絲？我的包包勒？？？

呼～謝啦。

不好意思，我們迷路了，可以告訴我們現在是在地圖的哪裡嗎？

呃，我不會看地圖喔，抱歉。

妳沒有手機嗎？

沒有。這附近有飯店嗎？

這附近有很多民宿房間，但幾乎滿了。都是這個季節放假的中產階級在住的。妳要的話我是知道一間讚的。

你知道哪裡有不貴的房間嗎？

呃……那就露營區吧。他們有一部分的平房，汽車旅館風格……

你可以帶我們到那裡去嗎？

好啊，跟我來。

阿嬤的一切感覺離我很遙遠。

但事實上我並不能這樣比較。

謝謝，依蘭……

有一個從前的她……

和在那之後的她。

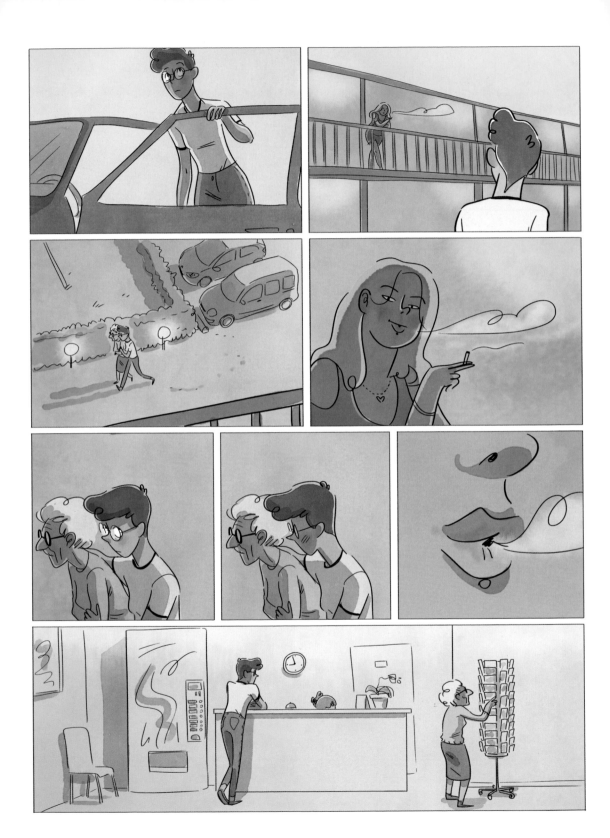

噢噢噢，克蕾萌絲！

妳原本可以把妳的床整理得更整齊的！

這樣隨隨便便很俗氣！

阿嬤，我們現在不在我家，是在飯店。

我們只待一晚。

蛤？在飯店？哪間飯店？我們在哪裡？

我們在找路，要回你爸媽家，但還有很多路要走……

天啊，真是好消息！爸比和媽咪會很高興看到我們的！

好啦，來，我覺得妳累了。妳要去洗澡然後睡覺。

蛤？不要！我討厭洗澡！

妳很幸運了，這裡有浴缸欸！

別找藉口。

不要，我才不想脫衣服，我今天早上已經洗過了啦！

噢，這可驚到我了，我早上也在，我們可沒洗澡啊。

妳是說我很臭嘛？

要不要聞我內褲確認看看？

去去去，別再幼稚了，妳應該要洗澡，就是這樣！

唉喲，我也可以這樣大小聲啦！

我就是不要！

啊啊啊，饒了我吧！我也粉累，不要逼我逼妳！

那妳幹嘛硬要我洗澡啊？

呼，總之妳說得對啦⋯⋯

我不管了，隨便妳。

哼，好⋯⋯

我要去洗了。

吼，妳很過分欸！

我終於懂了，在養老院他們才沒時間跟妳玩這種小把戲！

77

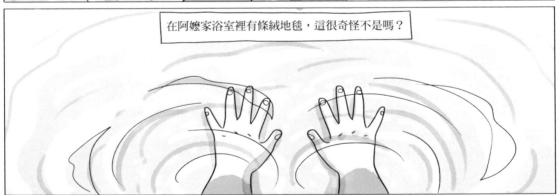

在阿嬤家浴室裡有條絨地毯，這很奇怪不是嗎？

浴簾是用海綿材質的布做的。

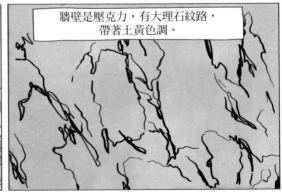

牆壁是壓克力，有大理石紋路，
帶著土黃色調。

其實當我又回想起這個浴室，
它的樣子可是超級醜的。

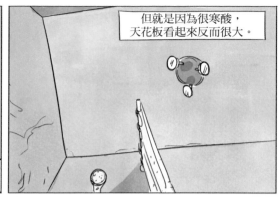

但就是因為很寒酸，
天花板看起來反而很大。

當我躺在浴缸裡，
我感覺自己住在一座宮殿。

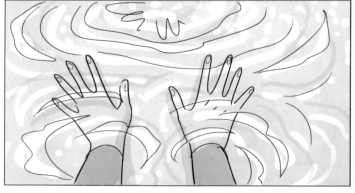

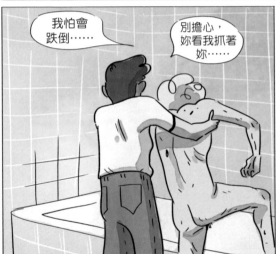

這些毛髮是否應該要變成白色的？

哈哈！

媽的，妳倒是
潑得很準啊！

把衣服脫掉吧，不
然妳會著涼的！跟我
一起到水裡嘛！

可是
……

不行，
不可以。

欸喂，我早就看
過妳全裸了呀！

來啦，我們再
加一些水！

說點戀愛
故事？

呃，妳知道嘛，戀愛
這種事，到現代已經變了很多⋯⋯
我們結婚不再是一輩子，不再是
為了開心或是生一堆孩子。

我們也不是啊，
我們也不總是為了
開心而結婚。

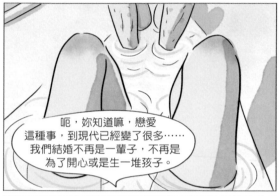

不過，生
一堆孩子倒是
真的⋯⋯

哈哈。

妳有想要嫁
給外公嗎？

有。

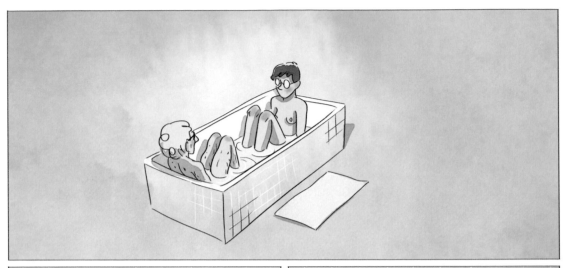

慎選哪，
克蕾萌絲。

愛情有時候
是很難的。

（碰

媽的，克蕾萌絲，妳是有什麼毛病？

你勒？你又有什麼毛病？？

你看太多A片了啦！死處男，滾！

我覺得妳從剛剛就在瞞我什麼⋯⋯

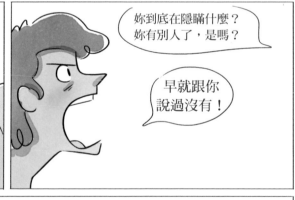

妳到底在隱瞞什麼？妳有別人了，是嗎？

早就跟你說過沒有！

妳少騙了⋯⋯

不然為什麼妳從來都沒高潮過？

吼！傻子！你到底是有什麼毛病？

少管我啦，幹！

那妳怎麼不花點心思，至少裝一下？妳不是演員嗎？

說真的，這就是妳的把戲！妳試著讓我變瘋，羞辱男人妳很爽啊，大家都知道！

大家都知道啥啊？你到底在說啥？

哼，算了吧，不干妳的事。

媽的，對，事實上你說得對，你就是瘋。

(碰)

BLAM

（啪）

那她呢？在她身上又發生了什麼？

她的第一次怎麼樣呢？

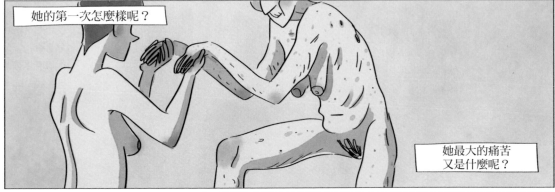

她最大的痛苦
又是什麼呢？

我很想知道但我不能。
我們不可能談這些的。

這是禁忌。

或許是這樣我很喜歡
藝術和戲劇。

在虛構的外衣下，
我有了能談論內心的場合。

透過他人的缺陷，
更能了解自身的不足。

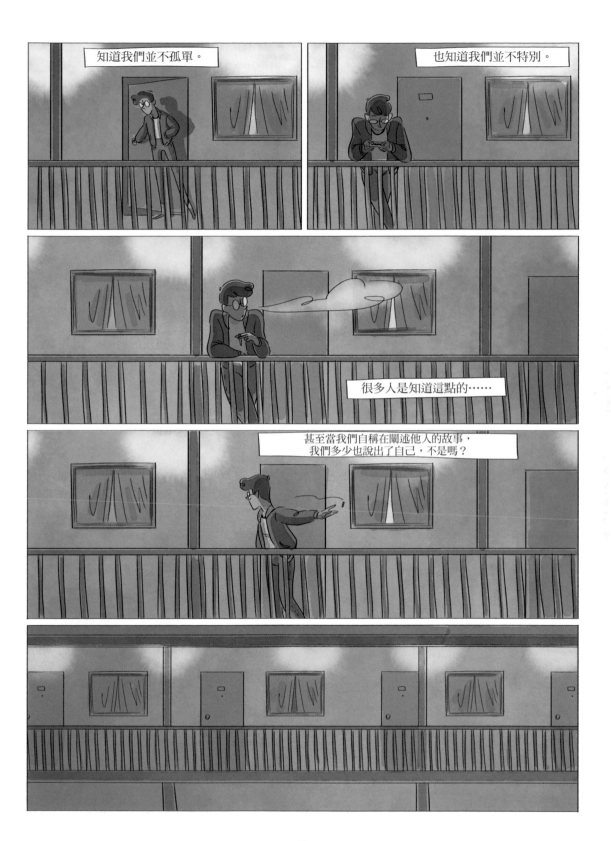

隔天早上發生了什麼事？

這很複雜……

阿嬤早上常常很虛弱地醒過來。

她說她病了……

……她不想要起床……

……不想喝水，也不想吃東西……

她在養老院就已經這樣了……

95

您大概在九點離開飯店，不過事實上沒有支付欠款餘額，估算是……

25歐元。

啊，據飯店經理所言，您還偷了櫃檯服務鈴……

對，我後來才發現是阿嬤偷的……

但她會跟你們保證那是她的東西……

其餘我不知道，我真的很擔心阿嬤的狀態，然後我……

好的，不用再加以說明……

您前一天已經領出了大概250歐，為何要為了25歐讓自己惹麻煩？

實際上到底發生了什麼事？

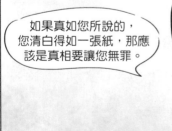

如果真如您所說的，您清白得如一張紙，那應該是真相要讓您無罪。

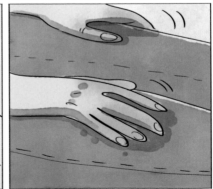

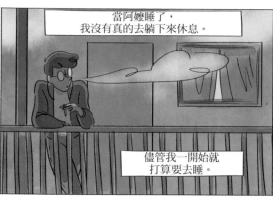

當阿嬤睡了，
我沒有真的去躺下來休息。

儘管我一開始就
打算要去睡。

畢竟我是還能做些什麼其他的事？

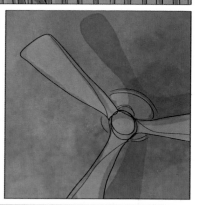

在我們身上還會
發生什麼事呢？

（叩叩）

嘿，我就知道妳在，我看到妳剛剛才到。

妳想要幹嘛？

我要在附近晃晃，妳來嗎？

好。

演員真的是一個職業？

唷，當然囉，才不比美容師糟呢。

少笑我了，這不過是一個學程，我才不要一輩子都做這個。

妳不覺得變成其他人很怪嗎？妳表演的時候沒有感覺好像失去了一點什麼？

不會啊，我很喜歡。

妳很幸運可以知道這輩子想做什麼。

我從來不知道我想要做什麼，我現在沒有計畫，也沒工作。

妳住這裡？

這是暫時的啦，只是一段沉潛期。

我的專長就是沉潛咧。

我爸總是說：「荻安要出什麼招就有什麼招啦！」哈哈！

我原本想去其他地方的，這裡簡直是屎。

我有個媽媽，但她不知道怎麼照顧自己，而我也不想要變成她的支柱。

那妳爸勒？

他癌症死了。

我媽整個昏了頭。

我盡全力幫她了，但我花很多時間才了解到，她才是唯一要為所有發生在她身上的事負責的人。

那她現在在哪？

她一個人住在她家，過著什麼事也不做的日子。

她從來不知道要拚命。

我寧願去死也不要像她一樣。

她讓我承受很多的苦。

我也是，
我媽讓我受苦。

不過她卻
是位鬥士。

她並不幸運，
但她很努力。

怎麼說？

她是一位
單身母親。

好是還好，
但要糟可以
很糟。

我真的不知道誰是我爸，
也不知道他們倆發生了什麼事，除
了幾句「不可調解的糾紛」和「行
不通了，人生就是這樣」。

那妳不想知道
怎麼了？

我不知道欸。
跟我媽講這個很
尷尬的。

這是滿私人
的事。

但她是
妳媽！

呃，對，
就因為她是
我媽。

那妳到底在
這幹嘛？

我看那老太太
是妳祖母？

對呀。我帶她去拜訪
她一個表姊。

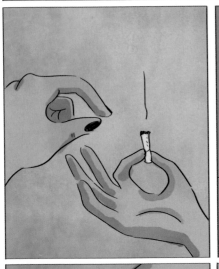

但她住
很遠。

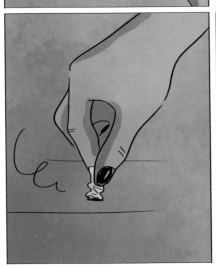

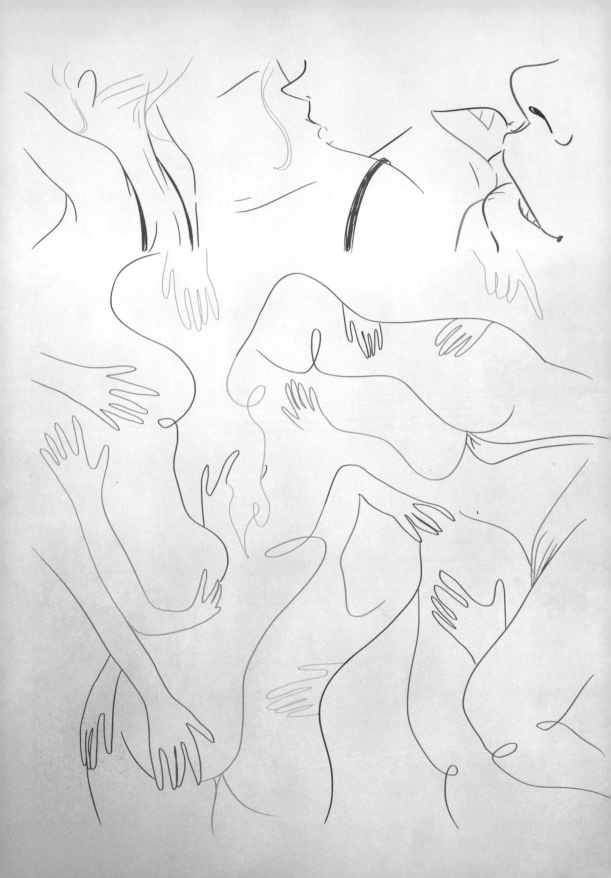

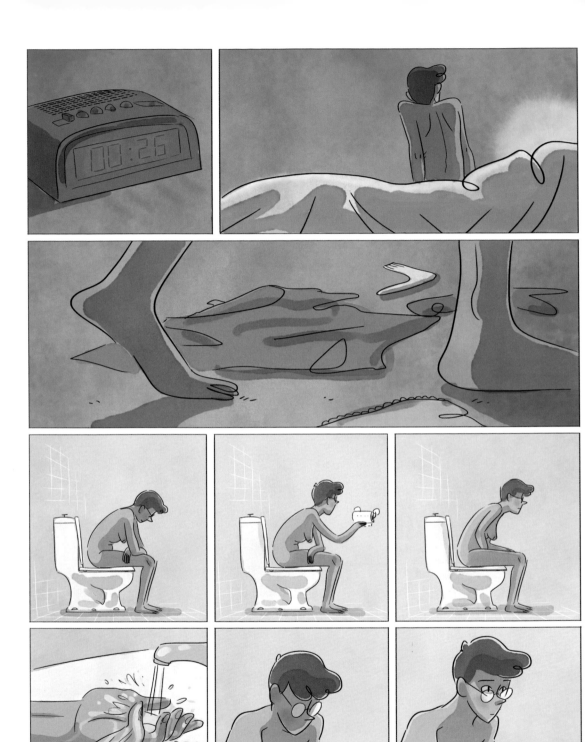

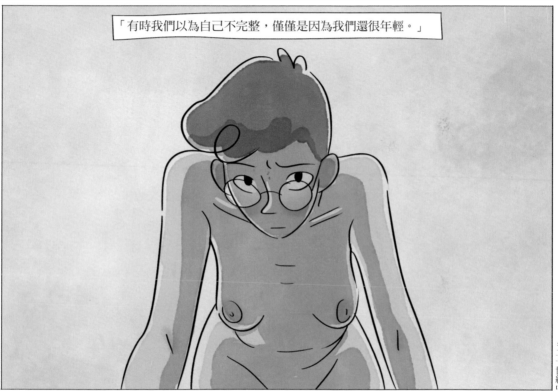

「有時我們以為自己不完整，僅僅是因為我們還很年輕。」

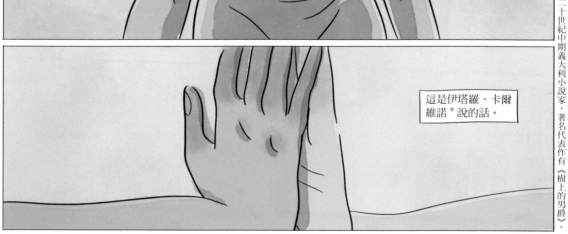

這是伊塔羅‧卡爾維諾*說的話。

*二十世紀中期義大利小說家，著名代表作有《樹上的男爵》。

是否所有人看著鏡中的自己，都會對自己說「這是我」或是「看吧，這就是我」呢？

是否所有人都會這樣做？

還是我們只有在二十歲的時候才這樣？

或是說一輩子都會這樣做？

喂！

告訴我
妳的名字。

克蕾萌絲。

跟妳很
搭嘛。

CLAC

媽咪？

阿嬤！！

媽咪，
妳在哪？

阿嬤，是我！
克蕾萌絲！

我在
哪裡？

森林裡，
妳從房間逃
出來了！！

老天爺啊，
什麼房間？？

嗚嗚嗚……

然後爸比就把一些零件給拿掉了，這樣那些德國鬼子就搶不走車子了！

好，我要去付錢了。

妳先留在這，不要跑唷。

當然，妳是想我去哪……

（叮）

TILT

（咿——）

（碰碰碰）

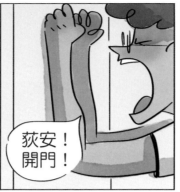

荻安！
開門！

（磅磅）

呃
……

抱歉。

媽的臭
婊子……

來，我
們走了！

妳有去
付錢？

有，就
這樣。

（轟轟轟）

119

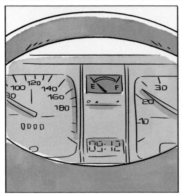

吼，媽的，還不只一件事……

克蕾萌絲，發生什麼事了？

沒什麼。

妳看起來很焦躁，我感覺得出來。

沒有，妳別擔心。

好啊，既然這樣，要不妳跟我講發生了什麼事，要不妳表現得正常點。

好啦……

車子沒油了，然後我們也沒錢了。

啊……必須要有錢來滾錢。

對啊。

妳想到什麼了嗎？

必須找些錢來。

怎麼找？

我們只要玩樂透就好啦！

說實在的，阿嬤……這整個很荒謬……

對，妳說得對，我們甚至不知道下次開獎是什麼時候。

欸等等，其實妳說得沒錯……

我們只要找到一間賽馬酒吧然後賭一下就好啦！我們在那有更多機會可以贏到些什麼！

我賭錢手氣總是很好的唷！

完美！

9 勒捷

隆普雷 1

如果在這種鄉下地方沒有一間滿是酒鬼的賽馬酒吧，那我們真的只能像那些老人說的屁滾尿流囉！

你好！

……才不好勒，
這世界世風日下啊，
我連電視都不看了勒！

我們想要
賭一把。

妳要賭前三
名、前四名，還是
前五名獨贏？

呃
……

妳至少成年
了吧？？

我其實
不知道怎麼
玩……

正確來說妳
想要什麼？

我們
想要錢。

123

如果妳需要馬上拿到錢，那玩賽馬並不能馬上到手唷。

下一場賽事是在明天呢。

那……

您有沒有骰子？

有，421 骰子遊戲放在壁爐上。

誰想來賭？

我！

妳們住這附近？

不。

尚，給她們上兩杯咖啡，算我的。

那麼，我們賭什麼好呢？

我贏的話，你給我50歐。

那如果是我贏？

一台車子。

妳賭妳那小車？？

我沒別的東西了！

我可以！

希望妳夠有臉，說話算話啊，別給我憋三。

妳會後悔的，我的小朋友。

米蕾耶，妳別管！這她家的事。

來吧，我們要訂什麼規則好呢？

先甩出三次421的人贏？

可以！

女士優先……

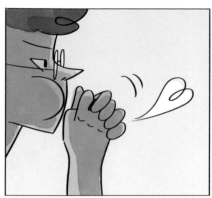

好囉，克蕾萌絲，
妳這樣窗戶會留下
油油的痕跡。

妳想玩撲克
牌比大小？

我受夠比
大小了，那好
無聊！

妳的手還有點小……

但只要妳練習練習，每次都可以成功囉。

那你是怎麼學會這個的？

服兵役的時候……

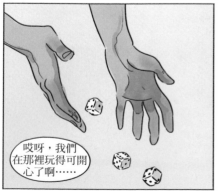

哎呀，我們在那裡玩得可開心了啊……

（喀）

CRAAAC

我早跟妳說了吧，我的小朋友……

吼啊啊啊

趕緊離開吧，快點！

我會跟著妳的，臭妹仔！

我會再找到妳的！！

米歇爾，拜託好啦！

是妳在盯著我看啊，臭男人婆？

妳的事亞瑟都跟我們說了……
哈哈
哈哈
哈哈

無法接受！
該死的老天爺，見鬼了！
啊，不對，我還可以，我……我……
氣到我都說不出話來了！

我會刺破他輪胎，妳看！

（砰砰）

（轟轟轟）

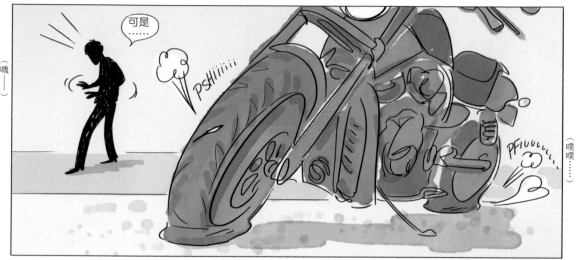

138

那個賤貨活該找死啦！

總算有一次實現自己的正義真是太爽了……

我承認這很……

……令人滿意！

我們是不是混黑道的啊？

對！我們真的是！

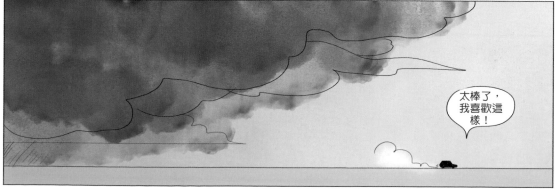

太棒了，我喜歡這樣！

我開始想起
我媽。

這讓我⋯⋯

當你們想起媽媽，
你們感覺到了什麼？

你們會感到難過？

或是懷念？

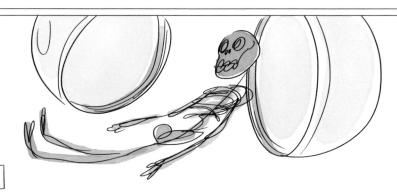

我突然想起了
一些細節。

每週三，是她來學校接我，
然後她會準備一些切小塊的雞胸肉和米飯。

其實我已經好幾年沒有想起這件事了。

星期三是我最喜歡的日子。

＊主角與媽媽看的是加拿大的電視動畫節目《小烏龜富蘭克林》（Franklin the Turtle），一九九〇年代末於法比區播映。

我什麼都
看不見了。

我也是。

是不是在這
之後……在這之
後…………

哎唷，所
以這是要怎麼
說呢……

我們正在做的事情
結束之後，我想說，我
是不是要回去那裡？

那裡是
哪裡？妳家
嗎？

不是啦，那裡啊，
有那些活像是該死的
修女在的地方。

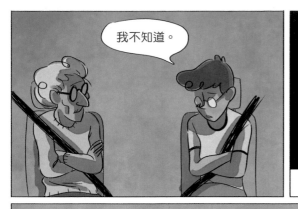

我不知道。

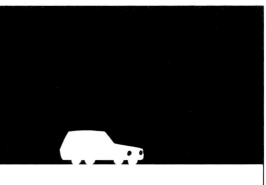

我不想再回到那裡，
妳聽到了嗎？

我還比較想
要死掉。

（轟隆隆隆隆─）

BROOOOMM

娃雷希出生的時候正是下著像這樣的大雨。

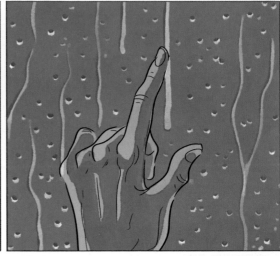

我們沒時間趕到醫院。

我躺在後座，在車上生下她。

然後我們停在一間農場。

是農場夫人剪了臍帶。

她現在幾歲了啊？

誰？

娃雷希啊……我忘了。

五十二

那已經是五十二年前的事了啊。

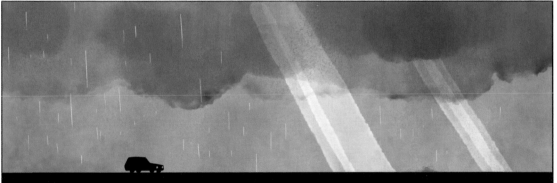

（喀噠轟轟轟）

CLIC

VROO

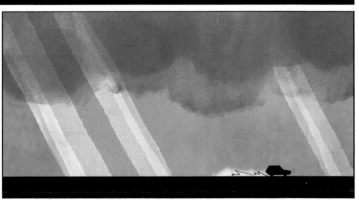

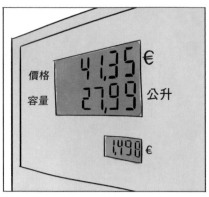

給爸比。
我甚至不記得我最後一次看到他是怎麼樣！

真不湊巧妳選了這張……

＊來自法國的祝福。

妳怎麼這樣說？

這好像是小時候我和表哥他們去過的海水浴場，是妳和外公帶我們去的地方。

是嗎？

這樣啊
……

我什麼也想不起來。

我們還很遠嗎?

不,不,我們幾乎要到海岸了。

我等不及要看海了。

我們又再開了一整個下午的車。

她非常安靜，

一直看著窗外。

其實，我很疑惑她到底還能想些什麼。

然後，大海就出現了。

妳知道我媽她最後跟我說的話是什麼嗎?

不知道。

「瑪麗・路易斯,請為我擁抱大海。」

每當我看見大海,我就想到她和這句話。

不如我們真的去擁抱大海?

我的老天，這太棒了……

克蕾萌絲，我感覺從未這樣活著！

我感覺興奮之情拍著
我的太陽穴。

每當浪花在我們跟前消失，
我的心便跳動著。

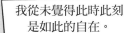
我從未覺得此時此刻
是如此的自在。

非常強烈地
感受到活在當下。

謝謝帶我到這裡來，我的小親親。

這是還能發生在我身上最美的事。

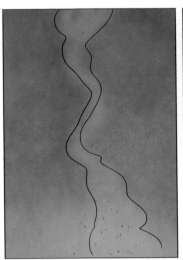

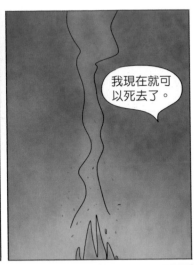

我現在就可以死去了。

別這樣說啦。

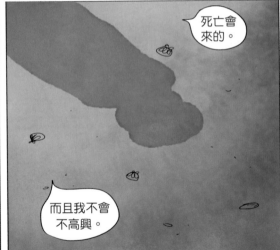

死亡會來的。

而且我不會不高興。

嗯，好吧。那就這樣吧……

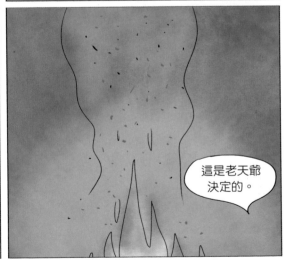

這是老天爺決定的。

（叮鈴！）

TING！ヽ

（叮）

TINGヽ

誒？那不是……那是飯店服務鈴！

才不是勒！！妳在說什麼啊？？

再說，什麼飯店啊？

這一直都是我的啊，是媽咪送給我的！

嘖……

我又想起了
荻安……

還有她皮膚
的味道。

是妳在盯著
我看啊，臭
男人婆？

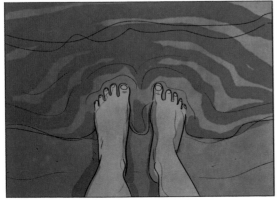

我們在
哪裡？

我們幾乎要
到妳家了。

是這樣
嘛……

妳看，都
沒變啊！

（叮）

Poc

謝謝。

然後呢？接下來發生什麼事了？

還剩下兩百公里⋯⋯

我想要趕一下路。

我急著要到她家。

我感覺她似乎有比較好了。

總之，我是這麼認為的……

我是多麼急著要把妳介紹給媽咪！

妳從來都沒見過她，不是嗎？

哈！妳等著瞧，我相信爸比會藉機彈一段鋼琴！

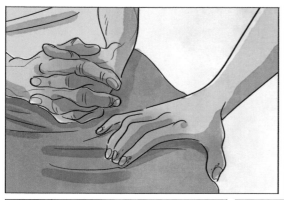

阿嬤
……

怎麼啦?

很多時光飛逝,妳還記得嗎?

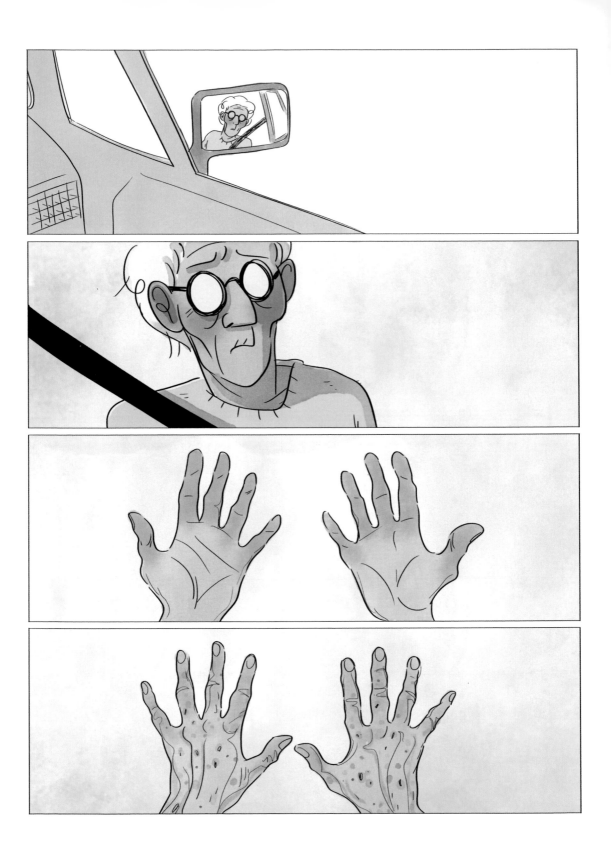

媽咪不會在，這不是真的吧？

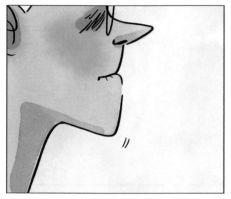

對，阿嬤。

她的確不會在。

爸比也不會在。

他們都死了，對嗎？

對。

…

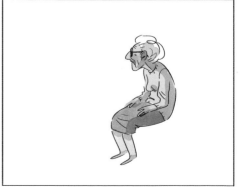

我忘了。

我想我迷糊了……

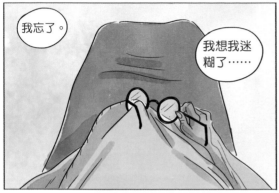

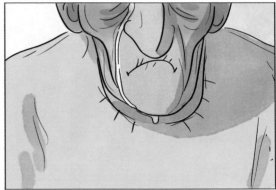

但最糟的是，當回憶又找上我。

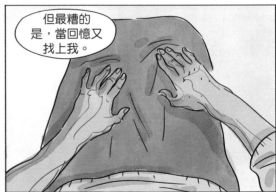

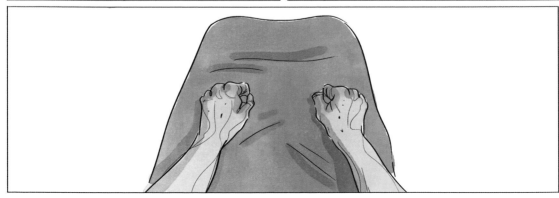

我從來沒有告訴媽咪我要跟她說的話。

明明多的是機會可以說。

「太遲了」來得比我們想像的還快。

克蕾萌絲,答應我妳絕對不會忘了這句話。

「太遲了」來得比
我們想像的還快。

我的
包包勒？

我的包包
在哪裡？

妳要去
哪裡？

夠了。我
們回去。

啥？

噢，不要，
克蕾萌絲！

我知道我們在哪裡了！

只剩下幾公里而已！

我認得路……

我家就在這條路的盡頭！

帶我去！

爸比和媽咪
會很擔心的……

我甚至沒有
我的包包
……

我必須回家。

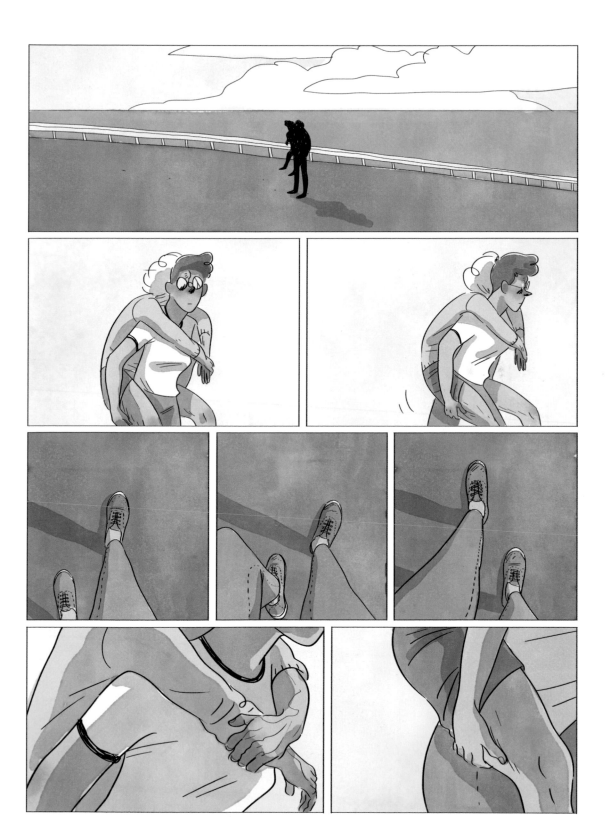

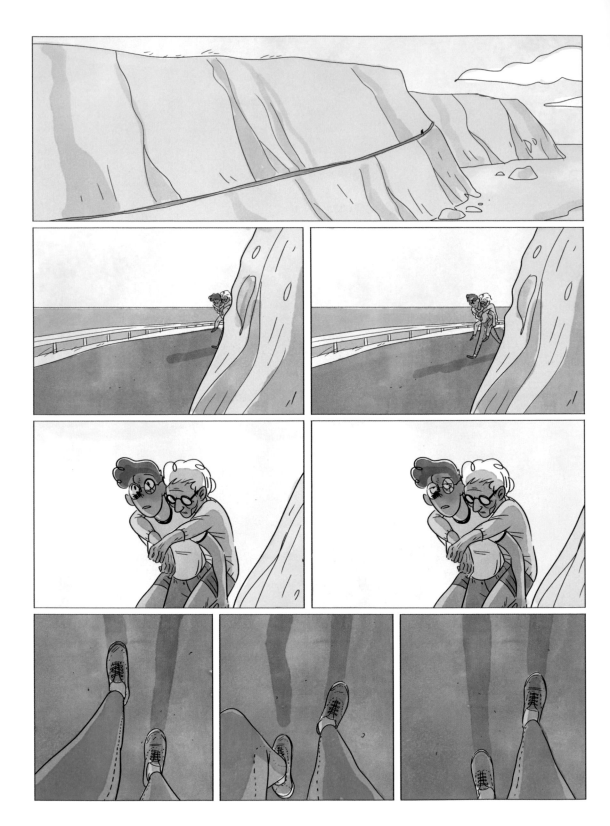

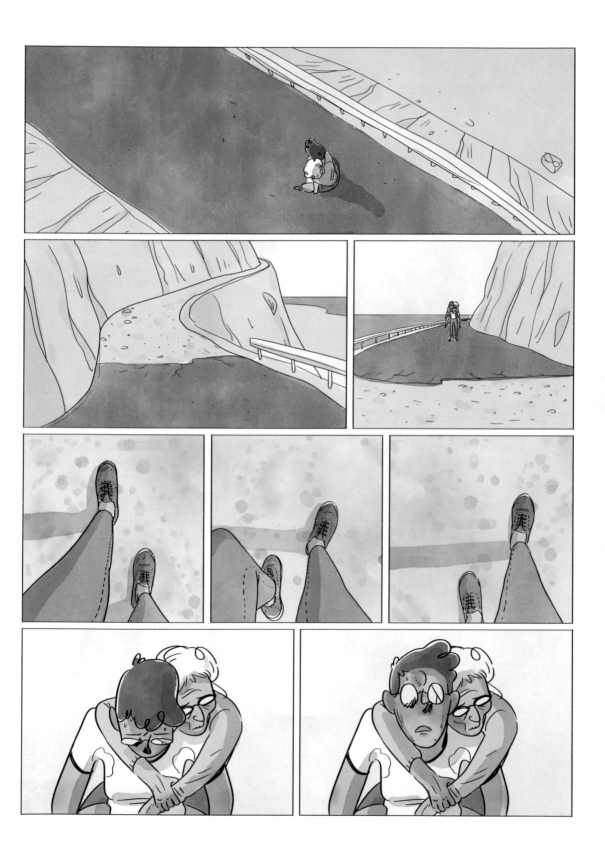

POF

（嗒）

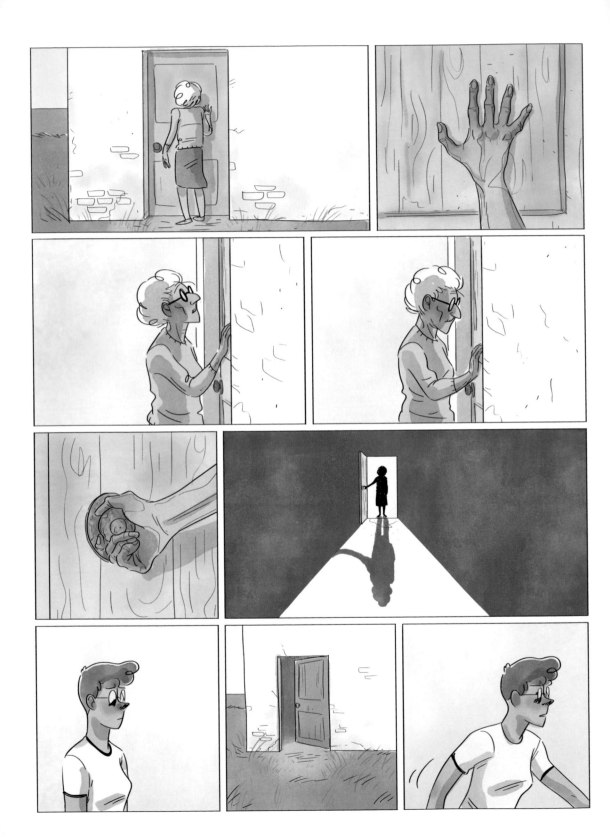

訊問結束。
程序會繼續
進行。

我們會再
通知您。

等待的同
時，請避免
惹是生非。

我會
注意。

謝謝您的配合。

CLAC

（喀啦）

我有好多話想跟她說。

或事實上並沒有。沒有那麼多的東西好說。

就只有一件事。

非常非常重要。

終 章

您的工作真是做得太出色了!

我們終於好好挺過了這關,我非常滿意。

儘管罰金是不可避免的……

我們會解決的。

最重要的是,可以有緩刑。

這我了解。

我該走了。打我事務所電話約時間來結案。

再會了,大律師。

妳該戒掉像這樣咬手指的習慣。

妳說得對。

我會還妳
全部的錢，一
毛錢也不欠。

妳別管這個，
我們看著辦。

如果我工作得
像頭牛一樣，正好
就是為了要用在某
些事情上。

那妳現在
要做什麼？

妳要待一會兒還
是要回妳公寓？

我要回
公寓。

我想要重
新去上課。

我懂。

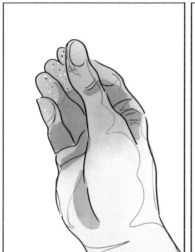
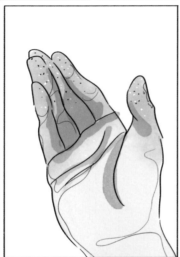

CLIC（喀嗒）

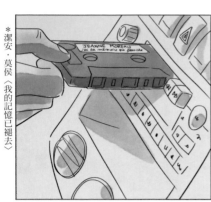
＊潔安‧莫侯〈我的記憶已褪去〉

我的記憶已褪去，
我不再好好記得……

我倆之間，是誰先
厭倦彼此……？

是我呢？是他呢？
到底是我還是他？

我所知道的，是分手以
後我已不再知道我是誰。

我的記憶已褪去，
我不再好好記得……

你看在這些通宵達旦之後，
我已所剩無幾……

只剩下那首，他剃鬍時
吹口哨的小曲……

吧嘟滴嘟噠滴嘟滴……

（艾莉克斯・葛杭2018年9月／
2020年9月於布魯塞爾）

在這兩年的執行期間，有一大群人以各自的方式陪伴著我：

我的父母，我的兄弟；

多馬和馬汀，以及所有卡通基地（Cartoonbase）的團隊；
賽伯、瓦隆汀、茱莉、埃田、芳妮、翁東尼、寶琳、
阿爾菲德、皮耶·科林、菲菲·沙德佐、弗烈德·艾諾、愛
爾莎、西蒙、克雷蒙、侯賓，感謝他們的校對和所有其他的
事……

賽巴斯田，他無條件的支持給了我羽翼。

我很高興能有你們的陪伴完成這本書。更不用說隆巴出版社
團隊的馬堤亞、埃利茲、培林及凱文，感謝他們以絕對親切
的態度，不間斷地陪伴著我。

PaperFilm FC2068

不要忘記我
我與阿茲海默阿嬤的公路逃亡之旅
Ne m'oublie pas

原著作者　艾莉克斯・葛杭（Alix Garin）
譯　　者　吳平穗
責任編輯　陳雨柔
封面設計　馮議徹
內頁排版　陳瑜安
行銷企畫　陳彩玉、林詩玟、陳紫晴

發 行 人　何飛鵬
事業群總經理　謝至平
編輯總監　劉麗真
出　　版　臉譜出版
城邦文化事業股份有限公司
台北市南港區昆陽街16號4樓
電話：886-2-25000888　傳真：886-2-25001952

發　　行　英屬蓋曼群島商家庭傳媒股份有限公司
　　　　　城邦分公司
　　　　　台北市南港區昆陽街16號8樓
　　　　　客服專線：02-25007718；25007719
　　　　　24小時傳真專線：02-25001990；25001991
　　　　　服務時間：週一至週五上午09:30-12:00；
　　　　　　　　　　下午13:30-17:00
　　　　　劃撥帳號：19863813
　　　　　戶名：書虫股份有限公司
　　　　　讀者服務信箱：service@readingclub.com.tw
　　　　　城邦網址：http://www.cite.com.tw
香港發行所　城邦（香港）出版集團有限公司
　　　　　香港九龍土瓜灣土瓜灣道86號順聯工業大廈6樓A室
　　　　　電話：852-25086231
　　　　　傳真：852-25789337
馬新發行所　城邦（馬新）出版集團 Cite (M) Sdn Bhd.
　　　　　41-3, Jalan Radin Anum, Bandar Baru Sri Petaling,
　　　　　57000 Kuala Lumpur, Malaysia.
　　　　　電話：+6 (03) 90563833
　　　　　傳真：+6 (03) 90576622
　　　　　讀者服務信箱：services@city.my

一版三刷　2024年7月
ISBN　978-626-315-060-7
版權所有・翻印必究（Printed in Taiwan）
售價：420元
（本書如有缺頁、破損、倒裝，請寄回更換）

Ne m'oublie pas
© ÉDITIONS DU LOMBARD (DARGAUD-
LOMBARD S.A.) 2021, by Garin
www.lelombard.com
All rights reserved
Cet ouvrage, publié dans le cadre du Programme d'Aide
à la Publication〈Hu Pinching〉, bénéficie du soutien
du Bureau Français de Taipei. 本書獲法國在台協會
《胡品清出版補助計劃》支持出版。

本作品繁體中文版由歐漫達高文化傳媒（上海）
有限公司（Dargaud Groupe Shanghai）授權出版